KB050229

달의 빈자리

시작시인선 0398 달의 빈자리

1판 1쇄 펴낸날 2021년 11월 19일
지은이 이인구
펴낸이 이재무
책임편집 박은정
편집디자인 민성돈, 장덕진
펴낸곳 (주)천년의시작
등록번호 제301-2012-033호
등록일자 2006년 1월 10일
주소 (03132) 서울시 종로구 삼일대로32길 36 운현신화타워 502호
전화 02-723-8668
팩스 02-723-8630
홈페이지 www.poempoem.com
이메일 poemsijak@hanmail.net

ISBN 978-89-6021-597-9 04810
       978-89-6021-069-1 04810(세트)

값 10,000원

달의 빈자리

이인구

천년의 시작

시인의 말

언젠가
내 마음에서
내 몸에서 더는 덜어 낼 말이 없는 날,
그날이 오면……

차 례

시인의 말

제1부

제1부

봄의 소리

투명한 여울 안
알 깬 버들치들의 경쾌한 유영처럼
산뜻하게 들려오는 소리
아지랑이 몸 담근 여울에
나른한 미열이 번져 나가고
버들치는
아가미가 열릴 때마다
연초록 속마음을 자꾸 내보이는데
겨우내 더러는 휘어지고
더러는 모나기도 했던 일들은 다 어찌 되었는지
눈 내리뜨고 쪼그려 앉아
두 손을 담가 보는 나는
잠이 긴 사람
문득 소리를 찾으려 하면
손가락 사이를 스치며 지나가는
버들치뿐

반달

달의 빈자리

풀 한 포기 나지 않았다던 어느 옛 무덤처럼
한恨이라도 있었던가
별 하나 돋지 않고 어둠도 비켜 가는

무딘 칼로 아프게 베어져
끝 선 거친 달의 빈자리

사노라면 숨 죽인 채소처럼 순한 이들도
아는지 모르는지 하나씩 안고 가는
저 흐린 허공

오래 쳐다보면
섞이지 않는 또 하나의 허공을 낳는.

개혁

박새 떼가 전속력으로 날아
나무 하나를 옮겨 간다.
헌 생의 자리를 툴툴 털어 버리고
새 세상에서 새 출발을 하려는 듯
일시에, 빠르게 난다.
그 짧은 거리를
그리도 온 힘을 다해.
이전 나무에는 단 한 마리도 없다.
운명이 바뀌었을 것이다, 일제히.
저렇게 하는 것이다.
꽁지가 빠지도록 전속력으로,
이전 나무는 깨끗이 잊고.

방금,
또 빠르게 나무를 옮기는 저이들처럼.

총각무 김치

아내가 병문안 갔다가 얻어 온 총각무 김치.

팔순의 아버지가
깊은 병에 걸려
얼굴 마주 보기 참혹한 딸 앞에서
울음을 참지 못한 부끄러운 일로
보퉁이도 풀지 못하고 돌아선
그것.

딸이 좋아한 그대로는 할 수 없어
억누른 눈물만큼 줄이고
억누른 원망만큼 줄여서
고춧가루니 양념이니
죄 쪼그라든 어미의 가슴에 넣어 버린
못 갖춘 그것.

허옇다.

껍질이 벗겨진 무의 속살 같은 딸에게
언제 죽어도 좋을 아비와 어미가 너무 미안하여

모든 게 다 허옇게 비어 버린 것이다.

맵지도 짜지도 않은
텅 비어 버린 맛,
총각무의 속살은 왜 이리 부드러운가.

와작, 입안에서 부서지는 총각무
삼키지도 뱉어 낼 수도 없는
여분의 삶.

두더지

대개 슬픔이라 함은
가만히 숨어 있지를 않고
자꾸 고개를 내밀어 저를 알린다.

대개 아픔이라 함은
잠들어 있기를 싫어하여
쿡쿡 찌르며 사람들을 깨운다.

우리가 이 한 생을 대충이라도 넘기며 사는 것은
슬픔이나 아픔이 아무쪼록 이러했기 때문이다.

그러나 어떤 슬픔이나 아픔은
깊은 곳으로,
더 깊은 곳으로
저를 숨기며 파고 들어가기만 한다.

눈을 버리고
눈을 버려 세상을 버리고
온 몸을 삽과 괭이로 만들어
슬픔을 퍼 내는 어두운 생애들을 나는 아느니,

\>

이런 이들을

저 깊고 습한 곳에서 제발 데리고 나오지 마시길.

해 아래 드러나는 족족 목숨을 잃고 말 것이니.

호랑지빠귀

호랑지빠귀의 노래는
전주도 후렴도 없는
일필휘지였습니다.

밤의 두꺼운 어둠을,
어둠을 내어다 보는 쓸쓸함을
쓰윽
외줄로 긋고

유성처럼
툭 떨어지곤 했습니다.

어떤 날에는
밤의,
하늘의 붉은 생살이 보이도록

호랑지빠귀의 노래가
칼자국처럼 쓰라리기도 했습니다.

그때,

아마도 호랑지빠귀의 노래는

여운이 긴

간결한 시詩였던가 봅니다.

나는 호랑지빠귀의 수박씨 같은

까만 눈을 오래도록 생각했지만

결국 아무것도 읽어 내진 못하였습니다.

세상은 넓고 유리창은 많다

꽈아앙!
창에 부딪쳐 나가떨어지는 새.[*]
작고 연약한 몸체가 부딪칠 때 나는 그 큰 소리
들어는 보셨는지.

떨어지자마자 벌떡 일어섰다가는
아직도 뭔지 모르겠다는 듯
갸우뚱, 다시 모로 쓰러지는 모습
본 적이 있으신지.

운이 없으면
어슬렁거리던 고양이에게 한순간에 낚아채여
한목숨 버리게 되는 일
알고는 계시는지.

날개를 가지고서도
무애無碍의 하늘을 날지 못하고
간격과 틈새를 날아야 하는 그대들은 조심하시길.

>

세상은 넓고 유리창은 많으니.

* 조류 충돌, 우리나라에서만 연간 약 800만 마리의 새들이 유리창이
  나 방음벽에 충돌하여 피해를 입고 있는 것으로 추정.

23

씨익

남들은 우연이라 했지
우리 모두 웃을 줄 아는
그 웃음은 아니었기에
그래도 그리 딱 맞추긴 아주 어려운 우연이었지
그 순간 함께 있지 않았다면
그 순간을 위해 온 마음을 다하지 않았다면
아예 볼 수 없는 우연이었기에

얼마나 벅찼던가, 아가의 첫 미소

눈 지긋이 감은 채, 씨익

그 어떤 곳에 내렸던 은혜와 같이
비둘기처럼 마음을 건너간
3초의 그 미소
씨익,

이 평화와 여유 감당키 어려워
이전 세상은 자리를 뜨고
우린 알지 못하는 새 세계가 밀고 들어오나니

>

어떨까, 아가야

너의 손 잡으면 나 그 세계로 무임승차가 될까.

별 채취꾼에게 듣다
―출산한 딸에게

허리가 반은 접힌 노파에게 물었네
저 질퍽한 갯벌
아무것도 보이지 않는 어둠 속에서
어찌 그리 호미질 댓 번으로
바지락이며 낙지를 쏙쏙 캐 올리시는지

여자란 여자들은 누구나
주름져 낡아 가는 세상을 향해
먼 하늘에서 달려온 별들이
제 눈앞으로 쏟아지는 철을 만나느니
강상江上을 오르는 연어를 움키는 곰처럼
이 초록 별 구석 어느 곳에 박혀 있다 해도
그 별 두어 개쯤은 캐내어
웅숭깊은 뱃구레에 넣었다가
비로소 어미가 되는 것이니
어미는 다름 아닌
가벼워져 가는 세상의 무게를 늘리는
별 채취꾼이었으니
이제 쏟아지는 별을 보는 철이 지났다 하여
갯벌에서 이 일쯤이리오

>
잠시 허리 펴고
함박웃음 짓는 빠진 이 사이로
유장하게 흐르는 그것,
아마도 본 듯하네

빈집 소리

빈집은 외롭다
빈집은 무섭다
너무도 적막하면
숨죽이고 있는 것이
오히려 더 무서워지면
빈집은 쿵 하고 소리를 낸다
우리가 어두운 밤길을 갈 때
공연히 헛기침을 한 번씩 흠! 내뱉듯이
빈집도 쿵, 하고
그래도 아무런 기척이 없으면
좀 더 길게 타악, 하고
그러다가 제 소리가 마루로 방으로 다락으로 울려온 줄
모르고
반갑게 타다닥, 제법 긴 소리를 내곤
흠칫 놀라 다시 움츠린다
시골집에서 혼자
적적하게 긴 밤을 보내면
집도 저렇게 외로워하는구나 하고
고개를 주억거리는 순간이 있다
세상엔 외로움을 타지 않는 것이 없었다

절터에서

유월의 태양이 내리쬐는 정오
모든 것이 적요일 때
한 줌의 바람이 옥수수밭을 건너가면
사각사각
손 닿지 않는
어두운 등이 가려워
반나마 묻힌
코 없는 돌부처의 희미한 찡그림,
나는 보았네
혼자

새벽바람

이른 아침 산을
누군가 벌써 다녀갔습니다.
나무부처 하나 겨우 모신 절
잠 덜 깬 사미가 쓸어 놓은 마당처럼
좁고 구불구불한 산길을
제법 바르게 골라 놓았습니다.
마른 흙 위로
보일 듯 말 듯 빗질 자국이 나 있습니다.
집 나와 이리저리 쫓겨 다니던 해 넘은 낙엽들
우묵한 곳엔 쌓아 두고
드러난 뿌리엔 덮어 주고
양편 나란히 줄을 세워 두었습니다.
죽은 듯 자던 나뭇가지들도
물 길어 올릴 때가 되었다고 흔들어 깨웠나 봅니다.
가지마다 이제 막 눈 비빈 붉은 멍울들이 많이 늘었습
니다.
여러 생각으로 잠 못 들던
이분
새벽 예불도 채 끝나기 전에
꽤나 부지런을 떨었던 모양입니다.

슬그머니 다녀가면서도
잘 읽을 수 있도록
소식은 남겨 두었습니다.
남은 날
남은 일이 아직 여럿 있다고.

내일의 나는

호숫가 길고 긴 둑길을 환히 밝히던
황금빛 꽃들이 새까맣게 타 버린
늦가을 꽃자리

나는 문득, 어지러웠어
모든 것이, 아름다운 것조차 이리되는 일이
내가 모르는 다른 뜻이 있는 것처럼 보여

누구는 씨앗이 떨어져 다시 산다고 하고
누구는 꽃 피는 계절이 꼭 다시 온다고 하지만

한 번 끊어진 길에는
건너갈 돌 하나 놓을 수 없다는 걸
검은 꽃자리들은 이미 알고 있었어

온 세상에
돌아오지 못할 일들이 가득하다는 건
얼마나 가슴 내려앉는 일인지

내일의 나는
아무래도 지금의 내가 아니라고 다짐했어

백일몽

이렇게 싸락눈 휘날리는 겨울밤에는
아궁이에 장작 그득 넣어 절절 끓는 방바닥에
배 깔고 누워 그림을 그리노니
무릎까지 눈 쌓인 깊은 산
외딴 귀틀집에 눈매 차가운 청상을 업어다 감춰 두고
해 한참 오를 때까지 늦잠을 잔 연후에
마당을 쓸고
찬물에 손 불어 가며 쌀을 안치고
장작을 패 듬뿍 흘린 땀을 마른 수건으로 쓱쓱 닦고는
다시 몸 매무시한 청상의 방에 들어가는……

가을비 뒤 찬바람에 낙엽이 뒹구는 날에는
바바리코트 여인의 뒤를 밟는 꿈,
기왕이면 이 여인 오래 걸었으면
교보문고 지나 광화문 횡단보도 건너 경복궁 담장을 끼고
삼청동으로 북촌으로 걸었으면
알고 보니 오래 걸으라고, 멀리 설레며 따라오라고
일부러 그리 걸어 준 것이었으면 하고
꿈을 꾸는 것이다.

옛터 마을(古基里)에서

산은 등 뒤에 있으나
사람들은 멀지 않으니

이곳은
잎맥과 잎맥 사이의 공백 같은
진통陣痛과 진통 사이의 평안 같은
빈자리가 아름다운 곳

종일 새가 날고
밤새 짐승이 버석거리고
새벽에 바위들이 깨어나니

숨 쉬는 것은 모두 제자리가 있는
멈추어 하루하루를
서로의 가슴에 꼼꼼히 기억하는 곳

옛 씨족, 오래된 가문들이 아직도 모여
묘비와 비석을 키우고
도시를 빠져나온 카페와 베이커리가
오글오글 키를 재고 있으니

\>

세월이 탑을 쌓듯
무너진 것이 묻힌 곳 위에
무너질 것을 다시 세우는
켜켜이 잊을 수 없는 것들의 그림자가 번지는 곳

뜻이 없어도
길은 있으며
길은 멀어도
마음만은 곁에 있는 곳이니*

마을이여,
네 안의 짐승처럼 나무처럼 검은 바위처럼
내게도 뿌리를 다오
내게도 터를 다오

휘날리다 돌아온 눈송이처럼 떨어졌어도
나 이곳을 떠나진 않으리니
이곳에서 아예 녹아 버리리니

* 마리솔 주연의 스페인 영화 제목에서 차용.

제2부

어제의 일

숨이 턱에 찬 채로
비지땀을 뚝뚝 흘려 가며
오르막 험한 돌길을
절벽 같은 계단을 기다시피 올라가
힘에 부쳐도
무슨 집념처럼 기어코 올라가
금강굴 안 부처님께 절 세 번 하고
딱, 절 세 번 하고 내려온
어제의 일
돌아보니 그게 한평생이었다.
후회조차 해 보지 못한
삶이었다.

정전停電

살다 보면 환한 빛이 오히려 힘든 적이 종종 있다

어둠 속에서
마음의 어둠을 꺼내어
닦고 빗질하고 보듬어 주어야 할 때가 있다
피 묻은 새끼를 핥는 어미처럼
아무도 모르게 얼른
약한 냄새와 아픈 소리를
말끔히 지워 주어야 할 때가 있다
마음의 어둠 속에는
부끄러웠고
피해 갈 수 없었고
견디기 힘들었던 일들이
억지로 구겨 넣어져 있기에

가끔은 어두운 구석에서
홀로
마음의 어둠을 들여다보자
온몸이 멍 드는 고통 속에서도
무사히 태어나 준 아이를 들여다보는 눈길로

>
빛을 받치는 어둠의 일은
터럭만큼도 자기를 남기지 않는 것이었으니

우리, 마음의 어둠을 사랑하자

내가 철이 들지 않아

내가 철이 들지 않아
남들이 울면 따라 우네
영화를 보다가도 티브이를 보다가도
그들이 슬퍼하면 난 슬퍼지네
누구든 울며 하소하는 걸 보기만 하면
참을 틈 없이 흐르는 눈물 감추기 어렵네

내가 아직 철이 들지 않아
다리 절며 언덕길을 오르는 처녀를 보거나
달아오른 얼굴로 수화를 하는 연인들을 보거나
아기 말을 하는 커다란 청년을 달래는 엄마를 보면
세상에 여전한 그런 일들을 보기만 하면
한순간 큰 체증이 내려온 듯
종일 고칠 길 없이 가슴이 답답하였네

나는 도무지 철들기 어려운 사람이려니와
불혹이 지나고 지천명 이순이 지나도
큰 숲 너른 세상을 보기보다는
나무 하나 새 하나 사람 하나 보기를 사랑하였는지
눈을 감으려 하여도 듣지 않으려 하여도

세상의 그 여전한 일들이 속속들이 보이고
그 일들이 내는 숨죽인 소리들이 들리고
그리하여 무시로 눈물을 쏟아 내었으니

나의 철들 날은 멀고도 멀어
걷고 걸어도 나는 그곳에 도달하지 못하리니
그렇게는 되지 않으리니

새 소녀

팔순이 다 되어 가는
새 소녀 네 명이
백발의 동년배 한 소년을 모시고
맥도날드에 모였네
4월 못가 수선화처럼
허리 꼿꼿이 펴고
흰쌀밥에 앉힌 팥알 같은 눈동자를 반짝이며
경쟁하듯 고개를 앞으로 내밀고

　장로님, 김정은이가 핵무기를 포기할까요
　코로나 때문에 침체된 경기가 곧 살아날 거 같나요
　검찰총장과 법무장관은 대체 왜들 저러고 있나요

다소곳한 앉음새 한번 흩뜨리지 않고
질그릇 깨지는 탁한 소린 아예 없이
곁귀를 사근사근 보듬는 구르는 목소리로
나라 걱정 경제 걱정은 하더라도
며느리 손주 얘길랑 꺼내지 않네

빅맥을 성큼 물어도 양파 한 오라기 흘리지 않고

골마다 생기가 물처럼 흐르는 주름진 손으로
프렌치프라이를 우아하게 집네

간간이 커피를 머금기도 하고
여전히 잘 여문 옥수수 같은 치아를 드러내고 웃으며
한 두어 시간 정도는 간단히
새 소녀들이 그렇게 놀고 있네

아무도 그들을 주목하지 않듯이
당연히 그들도 아무것에도 개의치 않고

회갑

한 페이지를 열었다, 이제 닫는다.

다시 열 수 있을까.

늦었을지도 모른다.

아무것도 쓰인 내용이 없을지도 모른다.

이제 와 백지라면 얼마나 두려운가.

하지만 다른 책은 무겁고 멀다.

그냥 책 위에 엎드리고 만다.

대화

—뭐야, 고구마 줄거리가 왜 이리 짜!

—어, 그게 짜졌네

—무어라, 짜졌다고? 아하, 그놈이 그냥 혼자서 짜졌어?
맹랑한 놈이군. 내가 고구마밭에 나가서 한 소리 해야겠네.
거 애들을 어떻게 교육시켰길래 제 맘대로 막 짜지냐구?

—그렇게 하시든지. 그래도 아마 말은 안 들을 거야. 걔
들도 한여름 지나며 다 컸거든.

예순이 넘으면 남편과 아내들은 대개 이렇게 변해 있다.

수제비

수제비를 먹으며

나는 가난하여 이 수제비를 먹는구나 하는 사람이 있을까

나는 수제비를 좋아하고 사랑하여

이를 모자란 무엇에 빗대어 본 적이 없네

수제비가 한 번도 양지머리니 사골이니와 어울려 제 모

습을 바꾼 적이 없듯이

애호박 시금치 감자 양파 그리고 검고 거친 된장

어느 것도 가난을 탓하며 수제비와 함께하지 않았으니

나 또한 내 불우와 수제비를 짝지어 생각한 적이 없네

풍요가 미처 무엇인지 알 수 없었던 시절

낡은 신발이나 구멍 난 양말은 부끄러웠으나

그토록 자주 끼니를 대신했던 수제비가 부끄럽지 않았

던 것은

값 눅게 배고픔을 이겨 냈던 일이 아니라

그 어떤 속삭임보다 쫄깃했던 그 찰진 감촉 때문이었네

수제비를 사랑하여

자주 수제비 반죽을 떼어 내며 시름하던

민망한 어미의 철모르는 효자가 되었으니

수제비 또한 나를 얼마나 사랑하였을까

수제비를 먹는 저녁이면 더 과묵하셨던

아버지 나이를 훌쩍 넘긴 지금에도 나는
애호박만 나오면 수제비가 궁금하여
땀 훔쳐 가며 한 대접을 비우고야 마니
둥근 상에 둘러앉았던 많은 얼굴들이여
언제 함께 이 쫄깃함, 구수함, 시원함을 다시 나눌 것인가

간병

아내는 병원에 오래 누워 있고
쉬이 어둠이 돌아오는 날엔
비가 자주 내린다

비좁은 병실에서는
시간도 비좁아져
아픔과 진통鎭痛의 사이를 잘도 피해 나가는 시간

어제와 오늘이
인사도 없이 만났다 헤어지고
또 만나는

아내는 아무런 아픔을 말하지 않고
나는 이미 베인 들판을 지키는
허수아비가 된 것 같아
자꾸만 민망해지고 있었다

아마도 우리는 함께
어찌 될지 알 수 있는 일을
부득이 바라보고 있었나 보다

>
여기에서 나가거나
여기에 있거나
누워 있거나
곁에 앉아 있거나
우리는 같은 사람

그래서인가
말은 하지 않고
엇갈리게 서로의 옆모습만
물끄러미 보는 것이다

새롭지 않고 귀한 것이야말로
정말로 소중한 것이다

끝을 알아도 재미있는 이야기가
정말로 아름다운 것이다

다른 무엇을 줄 것인가
다른 무엇을 받을 것인가
아내여

빛바랜 사진을 보다

어릴 적 여러 번
아버지 불쑥 집 떠나시면 가신 곳을 몰라
어디 막내 앞세워 찾아 나서지도 못하고
엄마 애를 태우시더니
그래도 그때는
수염도 못 깎은 수척한 얼굴
무거운 어깨에 눌려서라도 돌아오시긴 하셨는데
엄마까지 불러 떠나신 뒤론 아예 발길조차 끊으시니
정말 가 계신 곳이 어디인지
몇 해 지나도록 아무 소식도 안 주시면서
환히 웃지도 않고
엄마 손도 안 잡으시고
어정쩡하니 차렷하신 사진은 왜 두고 가셨는지
흩어졌던 사진을 이렇게 보게 되면
꼭 먹는 입 하나라도 줄이느라 떨어져 살던 시절
잠깐씩 모였던 때 같아 눈앞이 흐려집니다
비록 언젠가는 다 떠날 길이라 해도
그 많은 사람이 제각기 간 길
어딘 줄 알고 찾아가며
제 자식들은 또 어찌 따라오겠어요

이렇듯 사진 한 장에 갑자기 오신 순간만이라도
슬그머니 소식 한번 주세요
가는 길 소상히 적으셔서요
엄마 잘 계시는지 물론 얘기해 주셔야 하구요
아무튼 때가 오면 꼭 뵈어야 하니까요, 아버지

맑음 말씀
—내동마을 연밭에서 1

올라가는 길에도
연밭이 있었다
큰 절을 본다고
내처 올라갔다
화려한 부처 여럿 계셨지만
여전히 비는 쏟아지다 멈추었다 다시 쏟아졌다
내려오는 길에야 연밭에 들어갔다
둥글고 큰 연잎에서 빗물 구르는 소리가 들렸다
오면 또 가는 비, 그 비를 받아 내는 고단함이 있었으나
음전하게 앉은 고요는 미동도 하지 않고
막 트인 연꽃 같은 귀로 맑은 말씀이 흘러들었다
말해 보라
어느 것이 더 큰 깨달음인가!

기대거라, 서로
—내동마을 연밭에서 2

연밭에 비 온다
사나흘 장맛비.

연잎은 왜 저리 클까
가느다란 줄기를 아랑곳 않는다.

저렇게 어깨를 부딪치며
서로 기대지도 못했다면
꽃은 없었으리.

연밭에 비 온다
잔잔한 질책.

또 하나의 비밀
—내동마을 연밭에서 3

길 건너 언덕에 서서
연꽃을 바라보는 당신

말로만 듣던
꽃 아래
한사코 발목을 놓지 않는
뻘 같은 수렁
그곳에서는 보이던가요

말로만 듣던
불우한 이웃 같은 연밭의 흐린 물
오도 가도 못 하고 갇혀 있는
더딘 꿈을 보셨나요

연밭 속의 산 것들
뻘 같은 수렁에서 더딘 꿈에서
여전히 부산한 일
그곳에서도 아실 수 있던가요

휘리릭 큰 날개 접는

저 왜가리가 알까요

연꽃이 바라보는 당신
그것 역시 또 하나의 비밀인 것을

연밭 바라밀
—내동마을 연밭에서 4

소나기 쏟아진 연밭을 걷다
누군가 차 따르는 소리를 들었다
가만히 귀 기울이니
연잎에 고인 빗물이 떨어지는 소리였다
비 내리면
연밭 가득한 연잎들이 끝을 오므려
깜냥깜냥 빗물을 받치고 있다가
바람이 불면 바람 부는 쪽으로 쪼르르
담을 만한 양이 차면 몸 기울여 주루룩
제집에 물을 나누어 흘리는 것이다
다 자란 청년 같은 너른 잎이든
아직 철도 들지 않은 조무래기든
제 몸을 지붕 삼아
제 몸을 저수지 삼아
연밭 바닥
살아 있는 가속들을 보듬는 것이다
빗물을 가두었다 따르는
그 절묘한 시간은 또 어떠한가
어느 하나도 같은 시간이 없어
바닥 한번 상하게 패인 적이 없다

\>

연잎이 제 대궁은 살피지 않고
전심으로 넓어만지는 이유
연잎이 제 몸을 활짝 펴지 않고
자꾸만 오므리는 이유

연밭의 평화
연밭의 아늑함
소나기 쏟아지는 연밭을 걸어 보아라

고사목

외로움이 깊으면 병이 된다며
숲은 저리도 많지만
흔들리며 비틀거리며
살며 드문 기쁨은
아무도 모르는
말조차 없었던
혼자 일이었더니

금강굴 앞
우뚝한 바위 위
몸은 죽었어도
아직 푸른 하늘 향해 뻗은 팔을 거두지 않고 있는
고사목처럼
죽어 혼이라도 남는 일은
여전히 혼자만의 일이었더니

숲처럼 나무들처럼
평생에 많은 일 많은 사람들 중에
아주 외롭게 살았던 일이
이제 와 내 보람이 되어

\>

아직 뻗은 팔 거두지 않은

죽지 않는 내가 되어.

주먹을 펴다
—내동마을 연밭에서 5

이곳에 오기까지 나는
내가 사람들 사이로
일 사이로
싸움 사이로
열심히 빠져나가며 지내 왔다고
틈새로 틈새로
미끄러지며 살아왔다고 생각했다
무사했다고 생각했다

바람을 잡은 손을
아주 세게 꾹 움켜쥐고서

제3부

귀벌레*

그 이후 가끔

한낮에도 어둠이 번지는 때

긴 행렬에 앞서 오는 먼 깃발처럼

현기증의 전조처럼

어김없이 들리는 노래, 늘 그 노래

어둠이 걷히기 전엔 도무지 노래를 멈추지 않는

이젠 어렴풋이 넣어 두고 간 이유도 알 것 같은

그대가 남긴 귀벌레 한 마리

혹 가을이 깊어지면

그대 사는 마을에도 이 노래 들리는지.

* 귀벌레: 귀벌레 증후군. 어떤 음악이 하루 종일 귓속에서 맴도는 현상.

죽음과 소녀

낮과 밤 구별 없이
사방 벽이 하얀 방에서 지내던 때
그리하여 잠든 꿈인지
눈 뜨고 지어내는 생각인지도 몰랐던 때
나는 먼 합스부르크 왕가의 도시를 자주 서성였는데
늘 가스등의 레몬빛 허리가
냉혹한 겨울바람에 가늘게 끊어지는 밤이었네.
인적이 없는 거리
그곳에서도 역시 초대받은 곳은 없이
나는 창가에 어리는 그림자들에게
대답 없는 밤 인사를 보내며
여러 날 밤 그를 기다렸네.
단명의 프란츠 페터 슈베르트
이제 막 서른의 어둠으로 들어서는 그를,
그의 시종을, 그의 마음을
나는 무슨 이유인지 다 들어 알고 있기에
따끈한 코냑이라도 한 잔 나누며
어떻게든 긴 이야기를 나누고 싶었네.
그의 음악을 생전에 상찬해 주고
긴 삶이 지닌 부득이한 고난을 말해 주어
그의 슬픔을 덜어 내고

챙겨 온 내 여분의 돈 전부를 쥐어 주며
가난의 뜻밖의 영예에 대해서도 일러 주고 싶었네.
그보다 더 오래 살면서도 이루지 못한
여러 일들로 위로해 주고 싶었네,
곧 닥칠 그의 마지막을.
그러나 그는 내게 한 번도 눈길을 주지 않았네.
마주치기 전부터 그의 멜로디를 들리도록 읊조리고 있
었는데도
그는 나를 지나쳐 부지런히
어제처럼 내일도 그리하다는 듯
뒤돌아보지 않고 제 길을 갔네.
많은 밤과 꿈을 보내면서도
합스부르크 왕가의 고도에서 나의 일이 완성되지 못한
채 끝나면
사방 하얀 벽의 내 침대맡에선
웬 낯선 소녀가 졸던 고개를 들고
황급히 자리를 뜨는 것이었네.
나는 그 하얀 방을 나온 뒤
아주 한참을 지나서야
그 소녀가 프란츠 페터 슈베르트 군이 보냈다는 걸 알
게 되었네.

첼리비다케*

양 어깨가 넓은 발칸의 키 큰 전사

눈이 내린 백발 모든 올을 뒤로 넘기고

언제나 깊은 강을 거슬러 오른다

느리게, 느리게

그의 배는 돛도 노도 없이

모시는 신도 없이 오직 바람만을 다루며

어느 강에 나서든 발원지를 향해

중간에 멈추는 일 없이 느리게, 느리게

많은 이들이 말했다, 시대가 바뀌었다고

더 많은 이들이 말했다, 다른 것이 아니라 틀린 것이라고

그러나 그는 대답하기 위해 배에서 내린 적이 없다

다만 좁은 계곡으로, 빠른 여울로 배를 띄우지 않을 뿐

바람을 다루는 일 말고는 어떤 것도 없이

넓을수록, 깊을수록 더욱 느리고 느리게 거슬러 올라

끝내는 발원지를 찾아갔을 뿐

언제나 강 위에서, 바로 그 자리에서만

부릅뜬 눈으로 우리를 호령하던

하나를 지나치면 모든 걸 알 수 없다고

우리를 마지막 호흡까지 내몰던 발칸의 전사

첼리비다케.

* 첼리비다케: Sergiu Celibidache. 루마니아 출신 지휘자. 독특한 성
격과 음악적 개성으로 유명. 선불교의 철학을 음악에 수용하여 긴
호흡으로 한 음, 한 음을 연주하면서 클라이맥스에 모든 역량을 집
중(브루크너의 4번 교향곡을 카라얀이 1시간 4분 전후로 연주하는데 첼리비다케는
1시간 20분이 넘게 연주). 현장을 중시하여 녹음이나 음반 발매 등 상업
적 행위를 매우 싫어했으며, 콘서트 현장에서의 완성도를 위해 오
케스트라 단원들을 혹독하게 다루는 것으로 악명 높았음. 1996년
사망.

아리오소 Arioso
—요한 세바스찬 바흐

김장독을 묻고
다시 그 위에
무거운 돌을 지긋이 올린
요한 세바스찬 바흐.
온갖 억세고 맵고 짜고 시큼한 것들을
그렇게 모아 두고도 저리 태연한 것은
엄동이 오고
눌러 둔 돌 위에 돌만 한 눈이 쌓이면
깊고 아늑한 곳에서
뻣뻣했던 생각들은 모두 수굿해지고
시간을 받아먹으며
마음은 더욱 익어 갈 것을 알기 때문이다.
모두가 자신의 등을 끄고
고개 숙인 묵언의 자세로
긴 기도문을 외는
깊고 아늑한 곳은 또 얼마나 경건할 것인가.
세상 어느 누구든
굴곡진 생의 주름을 펴고
맑은 귀를 열어 그곳에 이른다면
요한 세바스찬 바흐처럼

많은 생명들을 일으키고 일으키며
아마 오래도록 살게 되지 않겠는가.

보사노바

나이가 좀 들면 알게 되는 일 중 하나
무슨 일을 하든 힘을 빼야 한다는 것
생각으로 꽉 찬 머릿속도 헐렁하게 비우고
어깨도 쓰윽 내리고
목울대도 젖가슴 아래로 감추어야 한단 말씀
제대로 던지고 싶을수록
제대로 후려치고 싶을수록
제대로 마음을 홀리고 싶을수록
힘은 빼야 한다는 것
눈치조차 챌 수 없게
부드러워야 한다는 것
말도 노래도 사업도 정치도
아들도 딸도 엄마도 아버지도
얼마나 성공하기 어려운가
힘을 빼는 일
황혼 녘
아무런 할 일이 없이 누워
손발을 흔들거리며 듣는
보사노바
손발을 흔들거리며 듣는
보사노바처럼

문 리버

차가운 강물 위에 펄썩 주저앉아
망가진 제 얼굴을 들여다보며
달이 울고 있다

산 너머 마을에선
오래 익힌 막걸리 동이가 산산이 깨지고
산을 넘다 달은
아마 옛 생각을 하며 취했을 것이다
사람의 지난 일처럼
달의 지난 일도 늘 그러했을 터
어느 한 생애에라도
보름처럼 그믐처럼
어찌 사랑이 다녀가지 않았겠는가

별들이 내려다보며 키득거리고 있는데
한없이 낮은 곳으로 넘어져
버얼건 속살 드러낸 채
달이 울고 있다

늦기 전에
―김추자

그녀가 컴백 리사이틀을 취소했다.

이 상태로는 실망만 줄 뿐이라면서.

마침 복고 바람이 불고 있었다.

이미 여러 흘러간 가수들이 뻔한 기교로 분칠한 노래를
부르며

추억의 대가로 마지막 돈을 우려 간 뒤였다.

우리도 그 정도는 눈감아 줄 아량이 있었다.

하물며 그녀임에야.

누구나 그렇게 생각하고 있었기 때문인가

늦기 전에,

더 늦기 전에 그래야 한다는 듯

오히려 그녀는 숨어 있던 자리로 되돌아갔다.

그랬다.

우린 그렇게 살았었다.

이건 아니라고 생각하면서도

마지못한 일로 치부하는 일,

속이면서도 부끄러움을 모르는 일은

사람의 삶이 아닌 것이다.

살면서 어디서 무얼 배울 것인가.

우리 늦기 전에,

더 늦기 전에

부득이하고 마지못한 일들을 전부 취소하자.

이것 때문에,

저것 때문에란 말도 다시는 하지 말자.

늦기 전에

남의 눈을 바라보기 전에

우리 가슴에서, 뇌수에서, 두 눈에서 뻗쳐 나오는

틀림없는 소리를 듣자.

우리 그렇게 살자.

저녁에는 싫어

어쩌다 종일 시내를 오가는 날엔, 어릴 적 서울 구경 와 보았던 광교의 무슨 은행 빌딩은 댈 것도 아니게 높은, 여기저기 성깔 있게 우뚝 솟은 아파트들과, 그 속에서 매일을 사는 사람들을 생각하네.

우리나라의 어떤 새보다도 더 높은 곳에 사는 사람들이 저리도 많다니.

언제는 낮은 나무에서 높은 나무로, 이 산에서 저 산으로 허공을 나는 새들을 부러워했지만, 앙상한 나뭇가지에 걸려 겨울바람에 흔들리는 둥지를 본 후로는, 해 진 저녁에까지 새들을 부러워할 순 없었는데.

전철 타고 버스 타고 시간 반을 걸려 들어가는 낮은 지붕의 집
가끔은 그 촉수 모자란 빠알간 불빛이 따뜻해
납작한 몸채를 땅 위에 바짝 붙인 그 안에 다시 누운 마음이 평안해

나는 가 본 적 없는 그 높은 곳

새의 잠자리보다 더 높은 곳에서는 마음이 흔들려
아침이 되면 비벼 뜬 눈에 아무것도 맞출 것 없어

나 그곳에선 뿌리내리지 못하리.

중죄

아내와 아이를 타국에 보내고 홀로 살게 된 어떤 이가
달 가고 해 가며 떨어져 사는 일이 익숙해져
아픈 줄도 불편한 줄도 모르고 살다가
오랜만에 제대로 된 밥을 먹겠다고 들어간 식당에서
단란하게 음식을 나누는 가족들을 보고 문득,
고개를 탁자에 박고 울어 버린다면
그걸 그리움이나 슬픔 때문이라 할까,
아니면 외로움 때문이라 할까.
아마도 그는 자기의 죄를 갑자기 깨달았으리라.
곁에 두고 안아 주고 잡아 주고 깨물고 할퀴며 애지중지
해야 할 사람들을 쉽게 보낸 죄.
그들을 보내고도 생활에 익숙해져 아프지도 불편하지도
않게 된 죄를.
그리하여 이젠 그들을 보내기 전처럼 대하기 어렵게 된
중죄를.
그들이 불쑥 다시 돌아오겠다고 말할까 내심 두려워하고
있는 숨겨진 죄를.

이제는 울어야 하리.
그렇게 또 무엇을 보냈던가.
그렇게 또 무엇을 보냈던가.

출가出家

아직 사춘기도 채 걸어 나오지 못한 여자아이가
투박한 가위에 검은 머리채를 맡긴다.
풍성한 머리채만큼이나 커다란 가위가 쩔거덕거릴 때마다
한 움큼씩 털썩 떨어지는 것이 어디 머리카락뿐일까.
네팔이니 티베트니 부처님 나라에서는
부처님의 부르심을 듣는 아이들도 많겠거니
어린 출가를 보는 짐을 덜어 보려 했더니
여덟 아이의 힘든 생활을 겨우 짜내
빠알간 승복을 사는 일이
딸을 챙기는 마지막 일이 된 엄마가
아이를 품에 두지 못하는 일이
유리로 제 몸을 찌르는 것보다
뜨거운 물에 손발을 데이는 것보다 더 아프다며
까맣게 탄 마른 얼굴 위로 눈물을 흘릴 때
아무런 준비도 없이 가슴이 무너져
한동안 물끄러미
시집간 딸아이의 사진을 들여다보았네.

연민

세상 모든 일, 시작이 어렵다고
에베레스트로 향한 첫 산행
팍딩* 가는 길.

사람도 나귀도 야크도
돌계단 흙길에 코를 박고
고개 한 번 쳐들기 힘든 길.

어제는 저 사람이 오르고
오늘은 이 나귀가 오르고
내일은 저 야크가 오르는

제 뜻으로 왔건
덜컥 떨어져 떠밀려 왔건
땀과 고통이야 다를까.

얼마 만에 얻은 휴식인지
모처럼 행렬에서 벗어난 야크 한 마리
길섶에서 풀 뜯다 말고 빤히 바라본다.

>
파리 쫓는 일도 잊은 채
매양 하던 되새김도 멈춘 채
빤히 바라보며,
운다.

음머어어, 음머어어

아무도 알고 나오지 못한 삶
겪는 고통 클수록
함께 느끼는 끈도 질긴 것인가.

너는 나에게, 나는 그에게
그저,
저렇게 울어 줄 수 있다니

팍딩의 야크여,
너 아직 잃지 않은 것을 생각하면
윤회의 풀려나온 모습이란 얼마나 하찮은가.

* 팍딩· 에베레스트 베이스캠프로 가는 쿰부 히말라야 트레킹 코스의
  산간 마을. 공항이 있는 루클라에서 출발하면 대개 첫 숙박지.

고라파니*의 당나귀

누구나 하는 수 없이 이대로 죽어 간다면
나는 죽어도 다시 나는 일 다반사인
이곳 부처님 나라에서 죽었으면 하네.
언젠간 털 하얗고 눈 커다란 당나귀 되어
히말라야 가파른 돌길을
기도하듯 조용히 오르내리고 싶네
먹을 것이든 마실 것이든
애비든 자식이든
설산 아래 모든 가여운 것들을 위해 등을 내주며
해 있는 시간을 결코 쉬지 않으리
습관처럼 떨어지는 채찍을 비명 없이 맞아 주며
휘파람 소리 하나에도 내 가는 길 바꾸어 주리
새보다 일찍 일어나고 늦게 잠들며
불쌍한 것들을 위해 적게 먹은 여물을 서너 배는 되새기며
얼룩 나귀와도 검은 나귀와도 눈 맞추는 일 없이
말이라곤 밤새 지붕 사이로 쏟아지는 별들과만 나누겠네
나 언젠가 다시 난다면
흰 눈 속에서도 허연 김을 올리며
새벽부터 저녁까지 뜨겁게 뜨겁게
흘리는 땀으로 기도하는

고라파니의 하얀 당나귀 되어

그럴듯하게

그럴듯하게 다시 한 번 살아 보겠네.

* 고라파니: 히말라야 안나푸르나 베이스캠프 트레킹 구간의 산간 마을.

고산족高山族

하느님은 정녕 하늘에 계신 걸까.
그렇다면 억만 부처님이나
비슈누나 시바와 수천수만의 그 친척 신들도
실은 다 하늘에 계실 것이다.
도대체 이 땅이란 곳엔 이분들과 한 지붕 아래 살 자들
이 드무니.
그래서 인간들 중에서도 나귀처럼 소처럼 착하고 순하여
이분들과 말이라도 좀 트고 살 만한 사람들은
먼 옛날부터 좀 더 높고 높은 곳으로 이사하여
글공부나 장사는커녕 바로 서기도 힘든 비탈에
층수 세기 어려운 다랑논 탑을 쌓고
입에 풀칠이나 하고 살게 되었다.
당신이 히말라야 안데스 어느 꼭대기를 가거나
세상 깊은 구석, 숨이 차 뛰지도 못할 곳에 가거든
미련하게 왜 이런 곳에서 살고 있는지 묻지 말기를.
이들만이
저 무지한 자들이 금은보화를 처바르고 생목숨을 죽여
가며 모시려는 그분들과 아주 가깝기 때문이다.
이들만이
아귀다툼하는 것들의 악취와 생떼에 지친 그분들과

이물없이 대화를 나누고 있기에,

벌써 떠나 버렸어야 할 그분들을 오체투지로 붙들고 있기에

세상에는 아직 해가 뜨고 별이 지는 것이다.

그리 호들갑을 떨면서도 세상엔 그분들과 가까워질 수 있는

법을 아는 자가 드물다.

카드 리젝트

잔액이 없다고 나오는데요,

느닷없는 소리

당황스럽기도 하고 왠지 무얼 숨기려다 들킨 듯

죄스러운 마음까지 드는 카드 리젝트.

얼마나 남았는지

얼마를 지탱할 수 있는지를 모르고 사는 일.

우리 어릴 적에는

삶이란 무엇이든

가마니에든 처마 아래든 작은 독에든

담아 두고 쌓아 두고 감추어 뒀다

조금씩 조금씩 헐어 쓰곤 했었는데.

매일 한 홉의 쌀을 퍼내며

한 아름의 땔나무를 내리며

지금 삶의 맛이 달달한지

다가올 날들은 또 얼마나 쓰라릴지

손바닥 들여다보듯 알 수 있었는데.

이제 생각하면 모든 어머니들의 지혜나

아버지들의 뚝심 깊은 인내가 다

거기서 온 것이란 생각이 들어.

줄어듦 말이야.

쌀독 안 쌀의 높이나

나날이 줄어 주름 깊어진 감자 포대를 보며

어머니는 아마 그네가 걸어왔고

또 걸어야 할 세월을 재 보지 않고도 아셨을 거야.

차근차근, 그렇지만 확실히 보였던

쟁여 둔 것들의 소실.

채우고 쌓는 일보다 더

명징한 그 줄어듦,

그걸 보는 일 말이야.

안 보이는 일을 아는 것보다

어쩌면 더 신비롭고 오묘한.

똥 바라밀

후드득후드득
떨어지는
코 박고 투클라패스*를 오르는 좁교**의
똥처럼!
아무리 평범한 자들에게도
시시때때로 깨달음은 찾아오느니.
삶은 곤고하고
일 자 한 획도 어김없이
운명은 써진 대로 흘러간다 할지라도
잠시 잠깐
개운하게 떨어지는
저 똥처럼
또 한순간을,
또 하루를 무사히 내보낸
안심은 찾아오느니
누군들 찰나의 구루,
일념一念의 부처가 아닐쏘냐.

* 투클라패스: 쿰부 히말라야 트레킹 코스에서 만나는 해발 4,600미터
  가 넘는 고개.
** 좁교: 야크가 해발 4,000미터 이상 고지대에 적응된 동물로서 저지대
  에선 부리기 어려워 인위적으로 만들어진 야크와 물소의 이종교배종.
  물소처럼 순하나 야크처럼 소량의 먹이를 먹으면서도 근지구력은 강
  해 쿰부 히말라야 지역에서 무거운 짐을 나르는 데 주로 쓰인다.

제4부

줄

별들은 한 번도
줄을 맞춰 선 적이 없지만
하늘이 우왕좌왕 혼란스런 날이 있었던가

우린 늘
줄을 맞춰 서 왔지만
순서대로 무엇을 한 일이 없다

그저,
줄을 서지 않는 일을 두려워만 했을 뿐.

또다시 깊어지는

비 온 뒤
겁 없는 사춘기처럼
더욱 힘차고 억세게
키를 키우던

풀을 뽑을 때,

뿌리째 뽑혀 들려지던
풀의
놀람과 허무함

손끝으로 울리던
뿌리들의 진저리.

양손에 뽑은 풀을 잡고 일어선
나의 어지럼증은
내리꽂듯 쏟아지는 햇살 때문만은 아닌 듯

뽑힌 풀처럼
허공에 들어 올려진 무수한 삶을

얼핏 보아서일까.

풀을 뽑을 때,

내 것도 아닌 듯한
막연한 슬픔을 느끼며
또다시 깊어지는.

낙엽 쓰는 사람들

이른 아침
도서관 가는 길
오늘따라 유난히 눈에 띈다.
문 연 가게 앞
울타리 너머 아파트 화단
가로수 열을 선 길가
낙엽 쓰는 사람들.
어제 비에 첫추위가 몰려와
아직 인적은 뜸한데
비질 소리만 스륵스륵.
걱정이 많은 시절
다툼이 깊어만 가는 시절
이 아침, 저 비질이 내겐 정성스럽다.
어지럽게 찍힌 발자국들
제멋대로 구르는 낙엽들
이젠 쓸모없이 버려진 온갖 것들이 저렇게
잘 쓸어 담아져
속이 보이지 않는 검은 봉지에 꽁꽁 묶이는 일.
길은 옛길이어도 이제 이어질 단정한 새 출발.
도서관 가는 동안

가슴속에 여전히 스륵스륵
비질 소리 들리고
내가 사는 이 세상에도
저런 한 매듭이 있었으면,
날 선 말이 필요 없는
저리 조용한 정돈이 있었으면
기원해 보았다.

아무리 산 같은 사랑이라도

늘 마주 보고 있는 듯했지만
산도 그림자가 있다
외로 돌아서기도 하고
한숨지으며 길게 눕기도 하고
어떤 날은
껍데기를 두고 달아나기도 했었다
제자리에 서 있다고
늘 그곳에 있는 건 아니다
나무도 꽃도 풀도
그림자가 있어
언제나 흔들리나니
사람의 사랑일까
마음 가는 곳을 가꾸지 않고는
그 말
그 말 한마디 없이는
도무지 잡아 둘 수 없는 것이다

오래

오래된 우물에
오래되어 퍼내 쓰지 않는 우물에 이끼가 끼고
물이 상하듯
오래된 느티나무 가슴 한복판에 검고 깊은 구멍이 뚫리듯
오래 산 거북의 눈동자가 그리 무심하듯
산의 것이든 물의 것이든
낡고 허물어져 사라지게 하는
등 뒤의 무거운 시간,
오래.

기다리려면

당신이 누구를 기다린다면
아무런 약속도 없이 누구를 기다린다면

홀로 앉아 책을 뒤적이거나
차를 마시거나
술잔을 기울이면서
도무지 아무것에도 시선을 주지 않고 있다면

어머니가 당신을 기다린 것처럼
세상이 누대에 걸쳐 당신을 기다린 것처럼 하길

여린 국화 씨앗들이 척박한 땅에 박혀
서리 뒤에 비로소 몇 송이 꽃을 피우고
다시 씨앗의 기다림으로 돌아가듯이 하길

열렸던 문이 닫혔다 해도
다음 기차가 시간표에 없다 해도

섰다가
주저앉아서라도

\>

세상의 모든 귀신들이 두려워하도록
그렇게 하시기를

옛사랑

어느 날 문득
고개를 들어 달을 보듯
한참을 멍하니
고개를 들어 달을 보듯
때로는 아예 잊은 것처럼
자주 생각하진 않아도
언제나 한곳에 머물러 있는
그런 그리움이 있나니
사람은 살다 죽을지라도
어떤 남겨진 혼처럼
어두운 무덤 위를 홀로 비추는
그런 그리움이 있나니

당신이 비록
말하지 않는다 해도
당신이 끝내
고개를 젓는다 해도

우리 모두 그렇게 살다 죽어 가
오늘 저 달은 그리도 슬픈 것인가.

큰비가 나간 자리

큰비가 나가면
산 아래 작은 집에선
사나흘이 지나도록 빗소리가 세차다
앞 뒷마당이 다 마른 뒤에도
큰비 내리던 날의 소리가 마냥 들려
몇 번씩 창문을 열어 보기도 하고
아예 마당으로 나가 보기까지 하지만
아무래도 비는 자국조차 남기지 않았다
오래도록 슬그머니 묻혀
물소리 한번 내지 않던 묵은 계곡이 열려
벌써 지나간 그 빗소리를
간절히 붙들고 있는 까닭이다
떠난 뒤에도 이렇게
온 산에 번지는 소리를 내며
보낸 바 없는 양을 하고 있는 일은
사랑이 휘몰아쳐 나간 어느 마음과 같다
큰 슬픔이 지나간 어느 사랑과 같다
혹은 눈물이 마른 뒤에도 도무지 떠나지 않는
큰 슬픔과 같다

송편

내 어머니 이따금
철 아닌 흰 송편을 밤늦도록 빚던 때를 생각하면
눈 비비면 무릎에 날 앉히시던
아버지 기억이 가물가물했다.
형들이나 누나의 얼굴도 따라서 잘려 나간
길게 이어진 기억의 어두운 구간.
어머니는 그때 벌써
외로움이란 놈의 본모습을 아셨던 것일까.
검은 밥상 위를 차곡차곡 메워 가던
흰 송편, 하얀 시간이 보인다.
긴 여백을 생각한다.
자주 어둠을 생각한다.
실한 무가, 배추가 뽑혀 나간 빈자리
흙의 포실포실한 허전함을 생각한다.
어찌하여 나는
송편 빚던 어머니보다 스무 살이나 더 살았단 말인가.

비 온 뒤 활짝 갠 오후 섬강 다리를 건너며

이토록 아름다운 곳을
이토록 눈부시게 아름다운 곳을
한 번 겨우 들렀다가
다신 오지 못했다니
그토록 오랜 시간 동안
그토록 많은 사람들이
그저 한 번 왔다가는
다신 이곳을 찾아오지 못했다니

우리들이 모신 신은 얼마나 매정하단 말인가!

못

한 사람은
하나의 깨지지 않는 답답함입니다
맛도 멋도 성깔도 드러나지 않습니다
그의 세계는 숨 쉴 틈이 없고
그의 짐은 무겁기만 합니다
보이지 않는 곳에서
그의 뼈가 구부러지고
지친 힘줄이 터져 버리지만
아픔도 불만도 말하지 않습니다
말은 다만 부존의 증명일 뿐

또 한 사람은
하나의 둥그런 침묵입니다
아무것도 버리지 않기 위해
텅 비워 두었고
무엇으로부터도 떠나지 않기 위해
멈추어 버렸습니다
그저 고요하게
별의 중심을 파고들어
몸을 숨기면서

>
다른 한 사람은
너무도 짧은 이름을 가졌습니다
고칠 수 없어 아픈 모습이었고
불행하게도
스스로 하지 않은 것이 없이
아무것도 이루지 못하였습니다
운명이거나 팔자이거나
어떤 강제였을 겁니다
그 사람이
못! 한 까닭은

나는 세 사람을 봅니다
한눈에
마치 한 사람처럼.

해가 멈추다

속리산 세심정 가는 길
때아닌 비가 잦았던 금년엔
단풍이 여리다 싶었는데
작은 연못가가 환하다

물을 향해 몸을 숙인 마로니에 잎이
넘어가기 전 햇살에 빛나고 있었다
무엇을 위해 밝히는 마지막 안간힘 같았다

입동 다가오는 긴 밤을 지내려
따뜻한 햇살을 모으려는 피라미 갈겨니들이
그 아래 송글송글 모여 있었다

몸을 숙인 나뭇가지와
물 밖까지 등을 내놓은 피라미 갈겨니들이
거의 만나려는 찰나

넘어가는 해가 순간 멈췄던 것이다

나의 두 발

씻는 일조차 힘겨워 숨을 고르며 내려다본
나의 두 발, 평생을 함께했건만
누구의 규칙인 줄 알지 못한 채
그들이 그렇게 서로 간격을 지키며 지내 온 줄 몰랐네
그리도 먼 길을 걸었건만
서로 닿을 수 없이, 포개고서는 한 걸음도 갈 수 없이
애틋하게 바라보긴커녕 뭉툭한 시선으로
그렇게 외면하고 살았다니, 나의 두 발

나와 세상,
나와 그들.

떠나온 집

오는 줄 모르도록

조용히 내린

비를 바라보며

떠나온 집을 생각했다.

읽히지 못한 채

며칠을 기다린 광고지 뒤에

떠나온

집,

이라고 쓰고

눈으로 읽었다.

이내 마음이 부슬부슬 부서져

어디론가 쓸려 가는

공연한 슬픔.

살면서 가끔

소리 없이 미소 지으며 훔쳤던 눈물처럼

아프지 않고

오히려 마음이 넉넉해지는.

비도 그랬고

때로는 눈도 그랬다.

오래는 떼어 놓기 힘든 사람들끼리 모여

눈이 비치는 투명한 술잔을 들고

수더분한 수다를 떠느라

비가 마른 땅을 벌써 촉촉이 다 적시고

흰 눈이 쌓아 둔 장작더미를 아예 덮어 버린 줄 몰랐던

떠나온 집과 그 수굿한 그림들.

바라만 보았던 많은 친구들

새들이며, 나무들이며, 바위들

넘어왔다 넘어가던

달이며, 우우웅 울고 지나가던 비행기들.

언제나 염려하였지만

참견하지 않았던 농익은 사귐이 지천이었다.

십오 층 아파트에서 저 아래 나무를 내려다보며

간 것도

떠나온 것도 인연이었을 뿐

욕심대로 된 것이 아니었다 할지라도

이제 그 사람과 이 사람은

더는 같지 않을 것이기에,

아마도 그리하여 더욱

무시로 간절한 것이다.

그들의 모습

저마다 한 권의 책을 놓고 앉았다

두꺼운 책도 얇은 책도
무거운 책도 가벼운 책도 있다.

각자의 모습처럼 제각기인 각자의 책.

세상에나,
남의 자리 앞에 딱 버티고 서서
한 권의 책만을 말하다니,
그들은 얼마나 어리석은가.

시심詩心 1

넣어 둔 치어 몇
연약한 꼬리를 흔들 뿐
다 자란 물고기는
여태 한 마리 찾아보지 못한
투명하고 맑은 연못
돌 하나가 놓여도
나뭇잎 하나가 떨어져도
오직 단정하기만 한

지키는 이는
오랫동안
이름도 없이
부동자세로.

시심詩心 2

나는 시를 가지고서는
싸울 수 없네
독한 말에도
속이고 빼앗는 자에게도
시로 대답할 수 없네
억울하게 두들겨 맞는다 해도
시로는 맞설 수 없네
나는 시를 가지고서는
도무지 아무도 가르칠 수 없네
삐뚤어진 행실도
생각을 바꾸는 일도 할 수 없네
시로써는
무엇 하나 깨닫게 하지 못한다네
나는 시를 가지고서는
하물며 똑똑해질 수 없네
알지 못한다고
이해하지 못한다고
읽지조차 못한다고
감히 손 가리켜 말할 수 없네
내 시는

약하고
어리고
미천하네
내 시는
무릎이 낮으니

투명하고 맑은 시심이 길어 올린 근원적 사유와
감각

유성호(문학평론가, 한양대학교 국문과 교수)

1. 존재론적 기억과 그리움의 시인

서정시는 대상을 향한 돌봄과 사랑으로 존재의 순수 원
형에 가닿으려는 마음을 중요한 창작 목표로 삼는 언어예
술이다. 이러한 속성은 많은 시인들로 하여금 때로는 우주
적 스케일로 나아가게끔 해 주기도 하고 때로는 미시적 세
공으로써 새로운 미학을 설계하게끔 만들어 주기도 한다.
구체적 사물로부터 발원하는 이러한 상상의 운동은 마침내
가장 근원적이고 궁극적인 차원을 발견하고 지향하는 뜻을
극대화해 준다. 이때 시인들이 수행하는 미학적 기획은, 삶
과 사물의 기원과 궁극을 탐구하는 데 가장 적절한 근원적
사유와 감각으로 마련되어 가는 것이다. 이인구 시인이 펴

내는 네 번째 시집 『달의 빈자리』(천년의시작, 2021)는 삶과 사물에 대한 이러한 절제와 균형의 원리를 견고하게 구축하면서 시상詩想의 심화와 확장 과정을 남다르게 보여 주는 화첩으로 우리에게 다가온다. 아닌 게 아니라, 이인구 시인은 삶의 마디마다 찾아오는 외로움이나 쓸쓸함에 대하여 역설의 항체를 정성스럽게 마련하면서, 지나온 시간 속에서 가장 순결한 순간을 탈환하고 거기에 신성한 기운을 불어넣는다. 시간에 대한 상관물로는 자연 사물을 줄곧 택하면서 그것을 시간의 흐름과 가역적可逆的으로 만나게 하고 있다 할 것이다.

이러한 점을 두루 고려해 볼 때 우리는 이인구 시인이 기억과 성찰의 언어를 통해 가장 근원적인 삶의 이치를 탐구하고 표현해 가는 서정의 사제司祭임을 알게 된다. 그의 이번 시집에는 묵언으로 전해 오는 떨림과 울림이 리듬감 있게 녹아 있고, 많은 이들과 함께했던 삶의 오래고도 진중한 무게가 담겨 있다. 그리고 우리는 이 리듬과 무게를 통해 이인구 시의 정수精髓를 발견하게 된다. 더불어 우리는 근원적이고 원형적인 보편 언어를 일관되게 추구해 온 그의 사유 방식이 존재의 기원과 궁극에 대한 발견으로 이어져 가는 과정에 동참하면서 존재론적 기억과 그리움으로 나아가는 '시인 이인구'를 반갑게 만나게 된다. 물론 그가 노래하는 기억과 그리움은 서정시가 견지해 온 보편적 기율이자 수원水源이고 인간의 존재 방식을 그려 내는 통상적 방식이라고 해도 과언이 아닐 것이다. 다만 이인구의 시는 사라져 간 지난

날을 정성스럽게 호명하면서도 그 세계를 상상적으로 탈환하여 현재형으로 끌어오려는 의지가 강하게 읽힌다는 점에서 각별하게 다가온다. 과거의 평면적 재현에 그치는 것이 아니라 시인 스스로의 현재적 지향을 반영한 재구성 원리로 나아간다는 점이 호환할 수 없는 장처長處가 되고 있는 셈이다. 여기서는 그러한 독자적 문향文香을 건네는 가편佳篇들을 가려서 그의 이러한 근원적 사유와 감각이 구축해 낸 언어적 성취를 들여다보고자 한다.

2. 고요를 통해 다다르는 생명의 맑은 기운

우리가 잘 알듯이 모든 사물은 소멸해 가면서 존재의 가장 순수한 속성을 드러낸다. 그 점에서 사물의 필연적인 소멸 과정은 가장 아름다운 순간을 만들어 내기 위한 불가피한 실존적 조건이기도 할 것이다. 당연히 영원성이란 현실에서는 불가능할 뿐, 사라져 가는 것의 흔적을 붙잡아 두려는 노력에 의해 구성되는 개념일 뿐이다. 그렇기 때문에 모든 사물은 사라져 감으로써 자신의 운명이 부여받은 시간성을 충실히 살게 되고, 그것을 기억하고자 하는 이들에 의해 사후적事後的으로 영원성을 부여받는 셈이다. 이인구의 시는 이러한 순간성과 영원성 사이의 비대칭을 아름답게 세워 간 결실이다. 아니, 무너지고 세워지기를 무한 반복하는, 소멸함으로써 영원성을 만들어 가는 사물의 질서를 은은하

고 단정한 매무시로 보여 준 성취라고 할 수 있다. 그러한
사례로 다음 작품을 먼저 읽어 보도록 하자.

투명한 여울 안

알 깬 버들치들의 경쾌한 유영처럼

산뜻하게 들려오는 소리

아지랑이 몸 담근 여울에

나른한 미열이 번져 나가고

버들치는

아가미가 열릴 때마다

연초록 속마음을 자꾸 내보이는데

겨우내 더러는 휘어지고

더러는 모나기도 했던 일들은 다 어찌 되었는지

눈 내리뜨고 쪼그려 앉아

두 손을 담가 보는 나는

잠이 긴 사람

문득 소리를 찾으려 하면

손가락 사이를 스치며 지나가는

버들치뿐

—「봄의 소리」 전문

봄은 풍경으로도 다가오고 소리로도 찾아온다. 시인은

소리로 봄의 물질성을 듣는다. 그가 귀 기울이는 곳은 알깬 버들치들이 경쾌하게 유영하는 투명한 여울 안이다. 투명하고 산뜻하게 다가올 시각적 장면인데, 시인은 오히려 거기서 "들려오는 소리"를 채집해 간다. 여울 안에는 아지랑이가 몸을 담고 나른한 미열이 번져 나간다. 거기서 버들치들이 "연초록 속마음"을 내보일 때 시인은 겨우내 휘어지고 모나기도 했을 순간이 충일한 소리에 묻혀 사라져 가는 것을 느낀다. 쪼그려 앉아 여울을 들여다보며 두 손 담그는 "잠이 긴 사람"이 소리를 찾으려 하자 정작 소리는 들리지 않고 버들치만이 손가락 사이를 스치며 지나갈 뿐이다. 그렇게 "봄의 소리"는 누군가 어디서 찾아내는 것이 아니라, 나른한 미열처럼, 잔잔한 초록처럼, 기나긴 잠처럼, 모든 사물에 충일하게 번져 있다. 마음으로 가닿는 것이 아닌, 스스로 그러하게 자신을 채우고 흩뿌리는 자연의 순간을 묘사하면서도 시인은 그것이 "그 순간을 위해 온 마음을 다하지 않았다면/ 아예 볼 수 없는 우연"(『씨익』)이었음을 암시한다. 그 안에서 세상의 일들이 "속속들이 보이고/ 그 일들이 내는 숨죽인 소리들이 들리고"(『내가 철이 들지 않아』) 있음을 알아가는 것이다. 다음 시편에서 들려오는 '소리'는 또 어떠한가.

올라가는 길에도
연밭이 있었다

큰 절을 본다고

내처 올라갔다

화려한 부처 여럿 계셨지만

여전히 비는 쏟아지다 멈추었다 다시 쏟아졌다

내려오는 길에야 연밭에 들어갔다

둥글고 큰 연잎에서 빗물 구르는 소리가 들렸다

오면 또 가는 비, 그 비를 받아 내는 고단함이 있었으나

음전하게 앉은 고요는 미동도 하지 않고

막 트인 연꽃 같은 귀로 맑은 말씀이 흘러들었다

말해 보라

어느 것이 더 큰 깨달음인가!

—「맑음 말씀−내동마을 연밭에서 1」 전문

　이번에는 연밭에서 들려오는 맑은 소리다. 그리고 그 소리는 어느새 '말씀'의 지위로 올라선다. 연밭을 지나서 비가 내리다 그치다 하는 큰 절을 들러 내려오는 길에 시인은 연밭에 들러 "둥글고 큰 연잎에서 빗물 구르는 소리"를 듣는다. 고단함에도 불구하고 "음전하게 앉은 고요"를 전해 주는 그 소리는 "막 트인 연꽃 같은 귀로 맑은 말씀"이 흘러들어와 시인에게 건네는 것으로 그 의미를 전이해 간다. 그때 시인을 찾아온 내면의 목소리는 "어느 것이 더 큰 깨달음인가!" 하는 감탄이었다. 그렇게 이인구 시인은 '내동마을 연밭에서' 연작에서 "어깨를 부딪치며/ 서로 기대"(「기대

거라, 서로—내동마을 연밭에서 2」)고 살아가는 자연 사물의 생태와 "연꽃이 바라보는 당신/ 그것 역시 또 하나의 비밀"(「또 하나의 비밀—내동마을 연밭에서 3」)임을 노래한다. "연밭의 평화/ 연밭의 아늑함"(「연밭 바라밀—내동마을 연밭에서 4」)이 전해 주는 "맑은 말씀"이 크고 아름답게 다가오지 않는가.

이처럼 이인구의 시는 고요라는 소리로부터 길어 올려진 맑고 청아한 언어이다. 이때 고요의 언어는 본래의 언어를 적극 환기한다. 언어의 불투명성을 넘어서는 투명성의 언어는 가시적 언어가 아니고 침묵으로만 표현되는 신성의 소리이기도 할 것이다. 특별히 봄의 소리나 연밭의 소리는 사물 전체의 소리를 표상하는 것일 뿐만 아니라, 인간 언어의 한계를 넘어서는 어떤 신성한 기운을 암시하기도 한다. 말하지 않아도 스스로 완성되는 경지를 뜻하기도 하는 것이다. 그 점에서, 이인구의 시는 충만한 고요를 통해 다다르는 생명의 맑은 기운을 들려주는 신성의 거소居所라고 할 수 있을 것이다.

3. 아득하고 융융하고 애잔하게 다가오는 시간 경험

대체로 서정시는 시간의 다양한 형식을 다루게 되고, 우리는 서정시가 수행하는 시간 탐색의 도정을 통해 삶의 기원과 궁극에 대한 상상적 경험을 하게 된다. 이인구 시인이 노래하는 존재론적 기원과 궁극은 그러한 시간의 흐름 속에서 불멸의 형식으로 완성되어 간다. 그의 시가 환기하는 이러한 시간 형식을 따라 우리도 스스로의 상상력과 경험을 그 안에 투사投射하게 되는데, 은은하게 깊어 가는 시간 속에서 우리는 고요한 연꽃 소리에 오래도록 귀 기울이게 되는 것이다. 그렇게 우리는 고유한 경험적 시간 속에서 저마다의 실존을 영위해 가면서도, 각자의 경험 속에서 구체화해 가는 사후적事後的 운동으로서의 시 쓰기 과정을 만나게된다. 이러한 시간 의식을 통해 이인구 시인은 많은 이들을 정서적으로 위무해 가고 있다. 시간의 흐름이라는 물리적 조건을 삶의 성찰적 장場으로 옮겨 가는 그의 언어를 만나 보도록 하자.

한 페이지를 열었다, 이제 닫는다.

다시 열 수 있을까.

늦었을지도 모른다.

아무것도 쓰인 내용이 없을지도 모른다.

이제 와 백지라면 얼마나 두려운가.

하지만 다른 책은 무겁고 멀다.

그냥 책 위에 엎드리고 만다.

—「회갑」 전문

이 애틋하고 아름다운 작품은 환력還曆을 맞은 시인이 인생의 한 페이지를 열었다 닫는 성찰과 기념의 시간 속에서 쓰여졌다. '회갑回甲'이라는 말 속에 이미 제자리로 돌아왔다는 함의가 숨겨져 있거니와, 시인은 그렇게 돌아와서 다시 문을 열 수 있을까를 생각하면서도, 혹시 자신의 인생이 너무 늦었거나 아무것도 쓰여진 것이 없을지도 모른다며 그 두려움을 고백한다. 그러나 자신이 열고 닫고 써 온 책 위에 엎드리고 마는 시인의 궁극적 마음은, 비유컨대 "무엇을 위해 밝히는 마지막 안간힘"(「해가 멈추다」)의 애잔한 고백으로 가득하다. 회갑을 넘어 새로운 젊음으로 걸어가는 시인을 향해 우리가 "다시 씨앗의 기다림으로 돌아가듯이"(「기다리려면」) 시 쓰기를 지속해 가기를 희원해 보는 것도 바로 그러한 고백 때문일 것이다.

오래된 우물에
오래되어 퍼내 쓰지 않는 우물에 이끼가 끼고
물이 상하듯
오래된 느티나무 가슴 한복판에 검고 깊은 구멍이 뚫리듯
오래 산 거북의 눈동자가 그리 무심하듯

122

산의 것이든 물의 것이든

낡고 허물어져 사라지게 하는

등 뒤의 무거운 시간,

오래.

—「오래」 전문

달의 빈자리

풀 한 포기 나지 않았다던 어느 옛 무덤처럼

한恨이라도 있었던가

별 하나 돋지 않고 어둠도 비켜 가는

무딘 칼로 아프게 베어져

끝 선 거친 달의 빈자리

사노라면 숨 죽인 채소처럼 순한 이들도

아는지 모르는지 하나씩 안고 가는

저 흐린 허공

오래 쳐다보면

섞이지 않는 또 하나의 허공을 낳는.

—「만닐」 전문

시인은 기억 안에 머물고 있는 오래된 사물들을 호출한다. 오래 살아온 '우물'과 '느티나무'와 '거북'처럼, "낡고 허물어져 사라지게 하는/ 등 뒤의 무거운 시간"을 거느린 존재자들을 불러 그네들의 시간 속에 웅크린 심연을 응시한다. 결국 시인은 우물에 이끼가 끼듯, 느티나무 가슴에 깊은 구멍이 뚫리듯, 거북의 눈동자가 무심해지듯, 오래 스스로를 지키면서 낡아 온 것이면 "산의 것이든 물의 것이든" 기억의 심도를 다해 스스로의 외경畏敬을 부여한다. 그런가 하면 시인은 '반달'이라는 자연 사물을 유비적으로 끌어내 노래하기도 한다. 시집 제목을 품고 있는 이 시편은 반달이야말로 달의 빈자리를 가지고 있다고 해석하면서, "풀 한 포기 나지 않았다던 어느 옛 무덤"처럼 별도 돋지 않고 어둠도 비켜갔을 '한恨'을 거기서 얼핏 보기도 하면서, 무딘 칼로 아프게 베어져 끝 선 거친 곳을 바라보기도 하는 시인의 모습을 보여 준다. 순한 이들도 하나씩 안고 가는 저 "흐린 허공"의 환한 사물은 오래 쳐다보면 "또 하나의 허공을 낳는" 모성까지 가진 존재자이다. 그렇게 한편으로는 오래 낡아 가고 한편으로는 무언가를 끊임없이 낳아 가는 과정이야말로 시인이 사랑하는 "잎맥과 잎맥 사이의 공백 같은/ 진통陣痛과 진통 사이의 평안 같은/ 빈자리가 아름다운 곳"(『옛터 마을(古基里)에서』)일 터이다. 그곳에서 우리는 "새롭지 않고 귀한 것이야말로/ 정말로 소중한 것"(『간병』)임을 알아 가게 되고, "어둠 속에서/ 마음의 어둠을 꺼내어/ 닦고 빗질하고 보듬어 주어야 할 때"(『정전停電』)를 발견하게 되는 것이다.

우리가 잘 알듯이, 한 편의 시 안에 구현된 '시간'이란 물리적으로 살아난 시간 그 자체가 아니라, 시인의 상상력과 작품 내적 요구에 의해 재구성된 미학적 시간일 것이다. 우리가 기억이라고 부르는 것도 시인의 마음속에 보존되어 상상적으로 구성된 재구성된 표지標識일 것이다. 이인구 시인은 의식 건너편에 있는 오래된 기억을 호출하여 우리에게 그러한 세계를 재차 경험시켜 준다. 그것이 바로 소멸해 가는 사물에 대한 매혹적이고도 아득한 경험을 가져다주고, 시인 스스로에게는 시간의 흐름을 견디고 추억하는 형질이 되어 주는 것이다. 아득하고 융융하고 애잔하게 다가오는 이인구만의 시간 경험이 아닐 수 없다.

4. 시 쓰기를 향해 발화하는 예술적 자의식

이번에는 시인이 '시 쓰기'를 향해 발화하는 예술적 자의식을 들여다보자. 이인구 시인은 클래식 음악에 대한 깊은 경험적 조예를 바탕으로 섬세한 감각과 따뜻한 시선, 심미적 기억의 현상학, 예술에 관한 각별한 자의식을 보여 준다. 이 점, 이인구 시의 품격과 세련됨을 알려 주는 유력한 지표인 셈이다. 그는 자신의 시가 우리 시대를 역류하여 새로운 미학적 대안 역할을 할 수 있다는 믿음을 가지면서, 시가 예리하고 개성적인 상상력을 통해 일상에 편재한 불모성을 치유하는 가능성을 꿈꾸는 양식임을 첨예하게 알려 순다. 또한 이인구 시인은 자연 사물에 대한 감각적 재현을 통해 우리 몸속에서 일어나는 생명의 움직임을 전달해 주고, 자신의 시가 생성의 활력과 오랜 기억의 지층을 동시에 증언하는 양식임을 훤칠하게 들려주고 있다 할 것이다. 그가 생각하는 '시'의 실질에 대해 읽어 보도록 하자.

호랑지빠귀의 노래는
전주도 후렴도 없는
일필휘지였습니다.

밤의 두꺼운 어둠을,
어둠을 내어다 보는 쓸쓸함을
쓰윽
외줄로 긋고

유성처럼
툭 떨어지곤 했습니다.

어떤 날에는
밤의,
하늘의 붉은 생살이 보이도록

호랑지빠귀의 노래가

칼자국처럼 쓰라리기도 했습니다.

그때,

아마도 호랑지빠귀의 노래는

여운이 긴

간결한 시詩였던가 봅니다.

나는 호랑지빠귀의 수박씨 같은

까만 눈을 오래도록 생각했지만

결국 아무것도 읽어 내진 못하였습니다.

—「호랑지빠귀」 전문

　　"호랑지빠귀의 노래"는 "전주도 후렴도 없는/ 일필휘지"
로 시인에게 들려왔다. 밤이 건네주는 쓸쓸함을 '외줄'로 긋
고 유성처럼 떨어지는 노래는, 때로는 어둠을 뚫고 때로는
어둠에 스미면서 흘러나왔을 것이다. 더러는 밤하늘 생살
이 보이도록 호랑지빠귀의 노래가 칼자국처럼 다가와 쓰라
린 감각을 전해 주기도 했는데, 그때 비로소 호랑지빠귀의
노래는 "여운이 긴/ 간결한 시詩"로 남게 된다. 그렇게 이
인구 시인은 "호랑지빠귀의 수박씨 같은/ 까만 눈"을 오래
도록 생각하면서, 그 노래가 여운이 길게 남는 간결하고 아
름다운 외줄의 시였다는 점을 노래한다. '호랑지빠귀'를 '시

인'이라는 존재와 은유적 등가를 형성하는 주인공으로 등극시킨 것이다. 이처럼 도처에서 시를 발견해 가는 시선에는 "그 어떤 속삭임보다 쫄깃했던 그 찰진 감촉"(『수제비』)이나 "황금빛 꽃들이 새까맣게 타 버린/ 늦가을 꽃자리"(『내일의 나는』) 같은 기억들도 모두 '시'가 되어 남을 것이다. "넓을수록, 깊을수록 더욱 느리고 느리게 거슬러 올라"(『첼리비다케』) 천천히 다가옴으로써 "슬그머니 다녀가면서도/ 잘 읽을 수 있도록"(『새벽바람』) 하는 속성을 견지한 채 말이다.

넣어 둔 치어 몇
연약한 꼬리를 흔들 뿐
다 자란 물고기는
여태 한 마리 찾아보지 못한
투명하고 맑은 연못
돌 하나가 놓여도
나뭇잎 하나가 떨어져도
오직 단정하기만 한

지키는 이는
오랫동안
이름도 없이
부동자세로.

　　　　　　　　　　　　—「시심詩心 1」전문

저마다 한 권의 책을 놓고 앉았다

두꺼운 책도 얇은 책도
무거운 책도 가벼운 책도 있다.

각자의 모습처럼 제각기인 각자의 책.

세상에나,
남의 자리 앞에 딱 버티고 서서
한 권의 책만을 말하다니,
그들은 얼마나 어리석은가.

　　　　　　　　　—「그들의 모습」 전문

　이 두 편의 작품에서도 시인은 '시'에 관한 실존적 고독
을 고백해 간다. 가령 시인은 '시심詩心'이라는 메타적 제목
의 시편에서 자신의 시심을, 치어 몇 마리만 연약한 꼬리를
흔들 뿐인, 다 자란 물고기는 찾지 못한 투명하고 맑은 연
못에 비유한다. 그러나 그 연못은 돌이나 나뭇잎 같은 외부
의 충격에도 단정하기만 하다. 이러한 연못을 지키면서 오
랫동안 이름도 없이 움직이지 않는 자세로 있을 뿐이다. 비
록 "내 시는/ 약하고/ 어리고/ 미천"(「시심詩心 2」)하다는 전언
이 이어지지만, 시인으로서는 약하고 단정하고 어리고 견
고한 자신의 시 쓰기가 "그리하여 더욱/ 무시로 간절한 것"

(『떠나온 집』)임을 고백해 가는 것이다. '시인 이인구'는 그러한 단정한 시심으로 "모든 가여운 것들을 위해 등을 내주며/ 해 있는 시간을 결코 쉬지"(『고라파니의 당나귀』) 않으려 했을 것이다 그런가 하면 시인은 자신의 시가 의미론적 배타성을 띠는 "한 권의 책"이 아니라 "저마다 한 권의 책을 놓고" 있는 풍경임을 노래한다. 두꺼운 책도 얇은 책도 무거운 책도 가벼운 책도 있는 그 풍경은 각자가 자신의 책을 가진 개성과 다양성과 수평성을 확연히 드러낸다. 그러니 시인에게는 한 권의 책만을 고집하는 것이야말로 어리석은 일에 지나지 않는다. 모든 책들이 "그렇게 서로 간격을 지키며 지내 온 줄"(『나의 두 발』) 알아 가야 한다고 시인은 힘주어 말하는 것이다.

서정시의 일반화된 문법 가운데 하나는 풍경과 내면의 등가적 결속에 있을 것이다. 사물의 속성에 내면의 움직임을 투사(projection)하는 방식으로 시인들은 자신의 내면이 투영된 '해석된 풍경'을 제시하게 된다. 그 과정에 동참함으로써 우리는 낯익은 풍경을 새롭게 바라보게 되고, 다시 그 풍경은 새로운 의미를 덧입으면서 시인의 생애를 움직여 가게 된다. 이인구의 이번 시집은 그러한 원리를 심미적 표상으로 담아낸 빼어난 미학적 사례일 것인데, 특별히 그의 시선은 그만의 사유의 깊이와 시 쓰기의 자의식 그리고 낱낱 사물들이 품고 있는 고유한 존재 방식을 보여 준다. 여러 차원의 감각과 사유를 통해 시인은 자신의 작품 안으로 지각 불가능한 실재들을 넉넉하게 받아들인다. 사물이 내지르

는 고요의 소리를 채집하면서 다양하고 개성적인 언어들이
이루어 가는 근원적 존재의 심연을 탐색하고 있는 것이다.

5. 풍경을 발견하는 섬광처럼 빛나는 순간들

이인구의 시는 자연 사물의 속성과 그 상징적 의미를 깊
은 사유와 감각으로 관찰하고 표현해 간다. 이러한 과정을
통해 이인구 시인은 참으로 오롯한 자신만의 예술적 의장意
匠을 보여 준다. 우리가 그의 시를 읽으면서 삶과 사물의
독자적 해석 과정에 참여하는 것은 이러한 시인 자신의 사
유와 감각을 통해 새로운 탄력을 부여받는 순간을 경험하
게 되기 때문이다. 이인구 시학의 핵심이 그러한 직능을 수
일秀逸하게 감당하고 있다 할 것이다. 더불어 이러한 시인
의 사유와 감각은 삶이 가지는 관성에 인지적 충격을 가한
다고 할 수 있다. 아름답고 익숙하지만, 시인의 발견과 호
명에 의해 새롭게 다가오는, '스스로 그러한' 풍경이 그렇게
돌올하게 깊다.

이토록 아름다운 곳을
이토록 눈부시게 아름다운 곳을
한 번 겨우 들렀다가
다신 오지 못했다니

그토록 오랜 시간 동안

그토록 많은 사람들이

그저 한 번 왔다가는

다신 이곳을 찾아오지 못했다니

우리들이 모신 신은 얼마나 매정하단 말인가!
　　　—「비 온 뒤 활짝 갠 오후 섬강 다리를 건너며」 전문

　비가 그친 후에 건너는 오후의 섬강 다리에서 시인은 활
짝 갠 풍경만큼이나 푸르러 가는 자신의 내면을 들려준다.
시인은 "이토록 눈부시게 아름다운 곳"을 지나면서 그저 언
젠가 한번 들렀다가 다시 오지 못한 시간을 아쉬워한다. 하
지만 그 아쉬움은 "그토록 오랜 시간 동안/ 그토록 많은 사
람들"로 확장되어 가면서 "우리들이 모신 신"의 매정함으로
귀결되어 간다. 더없이 아름다운 풍경이 인간 삶의 분주함
과 쓸쓸함을 역상逆像으로 거느리면서, 우리 삶을 궁극적
으로 견인해 가는 '이토록/그토록' 눈부신 순간을 기억하고
있는 시편인 셈이다. 이인구 시인은 바로 그 순간 "내가 사
는 이 세상에도/ 저런 한 매듭이 있었으면,"(「낙엽 쓰는 사람
들」) 하고 기원하거나 "언제나 한곳에 머물러 있는/ 그런 그
리움"(「옛사랑」)을 톺아 올리고 있었을 것이다. 그러한 상상
을 따라 우리도 "허공에 들어 올려진 무수한 삶"(「또다시 깊어
지는」)을 넘어 가장 "깊고 아늑한 곳에서/ 뻣뻣했던 생각들은

모두 수굿해"(『아리오소Arioso』)지는 순간을 만나게 될 것이다.

　　큰비가 나가면

　　산 아래 작은 집에선

　　사나흘이 지나도록 빗소리가 세차다

　　앞 뒷마당이 다 마른 뒤에도

　　큰비 내리던 날의 소리가 마냥 들려

　　몇 번씩 창문을 열어 보기도 하고

　　아예 마당으로 나가 보기까지 하지만

　　아무래도 비는 자국조차 남기지 않았다

　　오래도록 슬그머니 묻혀

　　물소리 한번 내지 않던 묵은 계곡이 열려

　　벌써 지나간 그 빗소리를

　　간절히 붙들고 있는 까닭이다

　　떠난 뒤에도 이렇게

　　온 산에 번지는 소리를 내며

　　보낸 바 없는 양을 하고 있는 일은

　　사랑이 휘몰아쳐 나간 어느 마음과 같다

　　큰 슬픔이 지나간 어느 사랑과 같다

　　혹은 눈물이 마른 뒤에도 도무지 떠나지 않는

　　큰 슬픔과 같다

　　　　　　　　　　　　─「큰비가 나간 자리」 전문

역시 큰비 나가고 나서 시인은 그 자리를 본다. 이때 '자리'는 '흔적'이나 '자국'처럼, 누군가가 지나면서 남긴 시간의 잔상殘像 같은 것으로 다가온다. 시인은 큰비가 나간 '자리'를 산 아래 작은 집에서 사나흘 지나도록 나는 세찬 "빗소리"에서 발견한다. 그리고 시간이 지나도 큰비 내리던 날의 소리가 들려와 창문을 열기도 하고 마당으로 나가 보기까지 한다. 어쩌면 환청에 가까운 이러한 신비로운 경험은 이인구 시의 원천과 궁극을 말해 주는 듯하다. 비는 자국조차 남기지 않고 흘러갔지만 시인은 오히려 오래도록 묻혀 있던 계곡이 몸을 열어 지나간 빗소리를 간절하게 붙들고 있기 때문이라는 해석을 내놓고 있지 않는가. "온 산에 번지는 소리"를 통해 스스로를 증명하는 큰비는 어쩌면 사랑이 휘몰아쳐 나간 마음이나 큰 슬픔이 지나간 사랑과 같아서 "눈물이 마른 뒤에도 도무지 떠나지 않는/ 큰 슬픔"을 새삼 안겨 주기도 한다. "몸은 죽었어도/ 아직 푸른 하늘 향해 뻗은 팔을 거두지 않고 있는/ 고사목처럼"(「고사목」) 우리는 모두 시효時效 너머에 있는 아득하고 심원한 존재의 잔상을 이렇게 경험하게 된다. 비록 세상엔 그들과 "가까워질 수 있는 법을 아는 자가 드물다"(「고산족」)지만, 우리는 "가슴에서, 뇌수에서, 두 눈에서 뻗쳐 나오는/ 틀림없는 소리"(「늦기 전에」)를 이 순간 듣게 되는 것이다.

  이렇듯 우리는 자연 사물을 향한 시인의 밝은 눈이 여기저기 섬광처럼 빛나는 순간들을 바라본다. 시인은 자연 사물의 외관과 속성을 따라 섬세하고도 탄력 있는 감각적 반

응을 보이면서 그네들로부터 삶의 비의秘義를 한결같이 유
추해 간다. 그가 형상화하는 자연 사물은 스스로 피어나고
이울며, 솟구치고 떨어지며, 흘러가고 남는다. 이때 자연
사물은 사람살이의 신생 소멸 과정을 고스란히 은유하는 보
편적 제재로서 이인구 시학을 장식한다. 우리 시의 전통에
서 자연 형상을 통해 삶의 이법을 궁구하는 것은 일반화된
것이지만, 이인구 시인이 공들이는 자연형상의 구현은 인
간과 자연이 근원적 관계를 맺고 있다는 관점을 보여 준다
는 점에서 의미가 깊다. 아스라하면서도 선명하기만 하다.
그 투명하고 맑은 연못에서 오늘도 그만의 '시심'이 자라고
있을 것이다.

6. 오랜 기억과 깊은 그리움의 문향文香

이번 시집은 수묵水墨처럼 번져 가는 언어를 통해 선명
한 주제의 응집성을 한껏 보여 주고 있다. 그 언어는 우리
로 하여금 가장 근원적이고 궁극적인 시간 형식을 경험하
게끔 해 주고, 그것만으로도 우리 기억 속으로 서서히 번져
갈 만한 고유한 힘을 가지고 있다. 물론 그의 시는 날카로
운 단층斷層을 드러내는 단속적 세계가 아니라 부드러운 곡
선으로 나타나는 일종의 연속적 세계이다. 오랜 기억과 깊
은 그리움의 문향文香을 통한 일관된 예술적 심화의 여정을
치러 온 세계인 셈이다.

이처럼 뭇 존재자가 숙명적으로 거느리는 삶과 죽음의 변증법을 아름답게 형상화한 그의 시는 비동일성이나 반시적反詩的 흐름과도 전혀 무관한 세계로서, 다양한 형상을 통해 존재의 근원에 대한 사유와 감각의 원형을 보여 주는 독자적 권역을 이루고 있다. 앞으로도 우리는 그 에너지가 한층 더 풍부한 구체성을 덧입으면서 진화해 가기를 마음 깊이 기대해 보고자 한다. 이번 시집 발간을 축하드리면서, 더욱 깊어진 이인구의 투명하고 맑은 시심을 오래도록 만나 볼 수 있기를 또한 소망해 본다.